遺句集

林の唄

Toho Toyoda

豊田都峰

東京四季出版

平成22年（2010）於東京上野

林の唄◉目次

装幀　間村俊一

豊田都峰　遺句集

林の唄

はやしのうた

『林の唄』は第十句集である。林とは、生やすが語源と聞く。
私が生やした作品、ということでの命名である。

——遺稿より

平成二十三年

郭公のさそふ林をふもととす

郭公の呼ぶや浅間は晴れつづき

山の灯に計る時の日のひと日

枇杷すする遠くの雨の灯をおきて

翁追へば青葉をかざす御堂筋

白南風や島まるごとの歓喜かな

白南風や虫のひと日は表裏なし

寺かこむ林雨安居のたたずまひ

あめ色の読めぬラベルや梅酒棚

一隅もあまさぬ慈悲の青葉風
青葉闇念仏と湧く百献灯
風かをる念仏無心ゆゑなれば

棟たかく総本山の青葉光

人籟をつつむ青葉の大遠忌

灯を星を数へて里の端居とす

かたはらに祖父の座いまもある端居

天道虫青き舞台の日矢の中

天道虫星背負ふゆゑ青を這ふ

木下闇透ける奥へはたどらざる

雲の峰それより奥はうしろとす

奥深くつくる茂りのそしらぬぶり

夏小花拾へばさそはる水ほとり
いくすぢも水を流して夏の苑
水落ちて垂れて涼しき日のかけら

夾竹桃機関区今日も油光り

向日葵をあふり北への列車過ぐ

みづいろに山遠くして夏木立

せせらぎの組立ててゐる夏の庭

泉川の茂り隠れの式部の墓

かげろふによりそふ和泉式部の墓

姫女苑の絮しばし止む五輪塔

円座ひとつ枯山水に対ひけり

空蟬の眼のみを残す風の中

空蟬や嵯峨野のこゑをためきれず

ふたみすぢ朝の風ある青鬼灯

青鬼灯に風の来てゐる露地ひぐれ

合歓咲けば能登の岬へ七曲り
鰡やぐら水平線までなにもなし
塩田の小屋またすすけるままに灼く

谷深き家は揚羽紋春の逝く

卿の墓暮春木洩れ日のひとすぢ

石ばしるしぶきとあそぶ青かへで

燕反り去る一礼を野に川に

燕去ぬあと追ふごとく川風止む

燕去に川すぢはやくくれそむる

さはやかに一山置いて野の明くる
明けの星自在に露をくばりゐる
露こぼれ月日はなべてひと色に

おはぐろのみちびくあたり夕霧墓

月の出へいちの名のりは山の萩

月の出や手入れの松の傾ぎぶり

筆記具は濃い目好みや水澄める

水の澄む里山雲をひとつ置く

鮭のぼる日は雲さわぐこともなく

なでしこへ径またまがることもして

松手入れ威儀を正せる大手門

持ち色を促しそめて過ぐ野分

秋めくや発ちゆく水の草がくれ

穂すすきのくれがたいろの二三本

曼珠沙華むらがりすぎて雲ふやす

草虱つけてひぐれをみつけけり

風追ひし日の証しなる草虱

雲数へまた草虱競ひし日

数珠玉やいつも水輪のよるあたり

数珠玉や波紋をたたみためゐたる

野末まで跳ねる角度を溜む蝗

奥まりし入江や秋の光ゲ名残り

船泊りさざなみの溜む秋名残り

あをすぎる湖国や芦の花高し

日の恵み生み生み落し水となる
木の実落つふたつ数へて灯を寄する
草は穂になりゆく丘は人が占む

露あまた負ふ一草の悼みかな

身のぬちに露しづくして拝仏す

わが影へさそへば音とくる木の葉

わが庭のいちまい天の柿落葉

草の絮ちらせば石の業平塚

ほとばしる水泥を呼び蓮根掘る

冬構裏の林の透けゆけば

海鳴りのたたみかけくる冬構

海に向く黒板塀も冬構

四神図の宮処見下ろす紅葉晴

将軍像守る宮処の紅葉狩

黄落の奥どは不動明王界

月のこしすすきに枯れのはじまれり

山の端を少し借りゐる冬夕焼

雑木山よこふた筋の冬夕焼

海鳴をひとつのせたり冬夕焼

河豚食べて川すぢの灯にもどりけり

谷すぢをさらに刻みて薬喰

枯れはての流るるものの日をのせて

冬銀河仕うまつるも他力なり

椅子まはり落葉図鑑の小半日

晩年や落葉を立たす風の中

天よりの落葉ひろへば風の立つ

ふくろふによまれてをりしわが水脈

黄落を行くはいつもうしろすがた
近景の右の定位置黄葉の二本
遠景は冬の日暮れのすべてとす

枯木立ふたつの星を透かしきる

手にあまること多すぎも年惜しむ

平成二十四年

初霞里宮おはす雑木山

神鳴を山に斎くや初茜

初乗りは里山日和拾ひとす

初鴉山の祠は一巡り

加茂川の風のまつはる酸茎買ふ

薄氷をすべるは昨夜のなごり風

寒日の磐座襞を正しけり

冬萌のいまさらながらの杜日和

青龍の棲み処かすみて川発たす

下萌の丘の一座に得る遠嶺
雪しづりさそふ旭の峠越
雪しづれ誘ひ誘はれ峠越ゆ

鉾杉や一陣二陣の雪煙

着雪林白日ひとつ上げゐたり

雪に灯す茅葺村は山麓

雪もやを脱げば妙高といふ全景

わたくしと雪後の月にある妙高

踏絵の日どこまでも海青かりき

雨水なりひとり山野を身内とす

北風のなごりに鳴れる辻祠

梅の咲くとなり村への橋あたり

春寒やうまらぬものの二つ三つ

春寒を拾ひ林にまた拾ふ

野末への窓を座とする風信子

風信子明日の頁の書出しに
雲流れ野の春めくのたしかさに
裏木戸や山の芽風にまたきしむ

日がさせば雑木林の芽のにぎはひ
三日月は芽吹くかたちの枝の先
灯のこぼすこともふえ野良の春備へ

日のこぼれすくひてよりの畑打

摘み草のいつかははづれの六地蔵

春月や雑木林の影ひろひ

またもとにもどつてをりぬ蜷の道

うすもやのごと山芽吹き京囲む

京の春・抄　九句

山越えにくる春はまづ川ほとり

軒端なる梅のひなたの石手水
川すぢの青柳のすく芝居の灯
嵯峨野路の寺より届く花だより

ひともとの花くぐりきて禅の門

山城と名付けてよりの春がすみ

四神図の宮処の花は雲がかり

石仏は畦草萌の陽だまりに

風化仏かしげる方へ青き踏む

山祠女神ゆゑとか梅ふふむ

梅咲いてさそひごころの野辺のみち

数珠屋町上れば春の仏具店

春灯ひくく仏眼ひと引きす

首塚のふもとは残花のしるべぶり

のぼるでなくふもとのみちや梅二月

はぐれてはひぐれのなかの梅二輪

川風と来てかざはなの小督塚

橋渡り雨のはこべる春ひろはむ

草青む十帖の碑の二つ三つ

「早蕨碑」椿のひとつ落ちてゐし
字の濃きに思ひをこめれば春めきぬ
らふそくを捧げてよひの春の雨

蝌蚪のくに天日ひとつはめゐたり
隠沼の日はしろがねの蝌蚪の昼
春めきて駆けるかたちに幹もまた

日をつれて風のきてゐる辺の蘖

忘れ角見しより山に晴れつづく

田楽と酌めば山端の月を得む

春分は雑木林の煙雨とす

四温なるひと日は林さぐりけり

全山の芽吹きや浄土総本山

芽吹きまた他力を念ず風の中

白梅や灯明祈りの数として

花だよりちらほら祇園もそのあたり

濡れつくしくれゆく樹々の春めける
花ぐもりそのまま暮れてしまひけり
山吹の咲き川すぢとなりにけり

かきよせの風は川すぢなる山吹

山吹のふれゐる里のたつき水

今もなほ説くはさだめや花まつり

菜の花や野末に雲の席つくる

竹秋や父郷に寄りて晴れ日もらふ

たちまちにおぼれぬ若葉の午後の渓

つばめくる新しき町筋をひきに

善光寺平　十四句

木曾谷は苗代どきのあをさかな

中天に銀嶺並べ桐の花

底光る銀嶺銀座新樹噴く

薫風の車懸りの八幡原

風発ちてたてがみとなる野の茂り

大向かうは謙信びいきの青嵐

妻女山今日は青葉の旗印

悪役に生きて春ゆく城のこす

青葉洩るかげも届かぬ真田の濠

幸村を追へば春逝くかげも濃く

若葉青葉勝てば勝手の戦記かな

をばすてやたんぽぽの粲山下る

棄老をもする世や春水ゆくばかり

夕映えの残雪木曾駒見納めに

葉桜やまんなかといふことはなく

角々にバラ高く盛り園の午後

周濠の水かげろふや青葉陰

光とばす茅花や野末に古墳置き

高がかる堺灯台白南風裡

白南風や呂栄の壺を揚げし港

登りきて慈悲心鳥の森の径
早苗月となりの村へ風つれて
野の茂り分厚さといふ日の履歴

野の茂り温みを放ちつつ暮るる

時の日やデジタルといふこまぎれ時

父の日や遠ざかるもののひとつ厳

ひとすみは月のあぢさゐあかりなる
手さぐりにともせば梅雨の底めく灯
青葉風つれて川筋竹屋町

薫風の勢揃ひする二の丸跡

五月闇ため隅櫓守る乾

升形の隅はとかげの陣なりき

いつぱいに風埋め青葉の城址なる

虫干やつがるるもののなき多し

天牛のひげのそよりと森の午後

天牛や切り捨てるものあれやこれ

青葉木菟ひとつのとほき灯を得たり

桐の花太筆書きに父のこと

草引いてひぐれの庭と同化せり

川風と鱧の皮に酌み灯をよべり

坪庭の風にうちはの和すひぐれ

夕空へ灯かざり明日の鉾構

道祖神いのれば青野の風となる

半日は常念岳とゐる風の青野

鉾囃子聞き招きゐるうちはかな

玄武なる船岡山や夏展く

宮址守る青葉木洩れの処得て

遠花火音なく消えてよりのこと

遠花火山黒々とのこりけり

手花火に背ナよりくらき深さあり

ゆきのした咲かせ大原麓住み
ゆきのした瀬音に挟まるたつきぶり
晩夏光ななめに流れ野の木立

立杭の二三砂丘なる晩夏

沖を指すなりの流木影晩夏

沖にまで雲なく晩夏光たひら

あかあかと穂高稜線にある晩夏

朝涼や塔影の朱のにじみなし

水かげの重なることのなき朝涼

石仏のひだ朝涼のひとながれ

ひぐらしの鳴きのこしたるごとき祠

かなかなや出会ひはあれこれかげいろに

穂草立つ野末を告げる雲なき日
葦の穂の舳先の分けて岬明神
秋分へ一候のころ鳥たちの

鹿垣に里よりの磴とどきゐる

けいとうの辻より里のみちすがた

霜降や草かげあたりさやぎそむ

霜降や雲にもさやぎきくころか

厄日の雲ともならず染まり暮る

水澄むや野末を伝へる風もきて

もくせいの回覧板となりにけり
あかつきの献灯萩の白さもて
あけびひとつひみつの基地の旗じるし

あけび熟れ夕日にまむかひゐる記憶
けいとうのひだに捕らはれたる夕日
色鳥の二羽ゐて木末の風さばき

色鳥は雑木林の配色屋

すすき原雲まよはせることなき日

日のすすき溜めても脇のあまさかな

穂芒やむしろ遠さに馴染みけり

探究はすすきの絮のひと綿毛

遠きもの失ひそめてすすき枯る

里ぐらし　十句

星ひとつ林に咲いて冬はじめ

肌寒は林をとほくわたる風

枯木立雲を入れおくこともせず

消してより落葉は風がつれてくる
木菟鳴いて遠ざかるもの連れさそふ
梟鳴く奥処をさらにうがつごと

雪越しはや某日のこととなる

去年今年里は七戸の田のたつき

屠蘇を酌む上座は年の若きゆゑ

父母とせむ年を言祝ぐひとつ星
悼む身の露のしづくのことばして
系がれば露にまみれる悼みかな

光彩の三門と化し秋を立つ

木守柿消点として暮れなづむ

雑木もみぢ日記明日へとはみだせり

遠くきてすすきが原のかなたの雲
あこがれは翔てぬすすきを痩せさせる
月光のすすきが原は分けもせず

藍より出青はいづこと草の絮

花蓼や片手をがみに辻地蔵

花蓼に丘の夕日のすべり消ゆ

藁塚三つ並んで日暮れは山より来

外灯は浦風の中冬めける

山の日の雑木もみぢの月日かな

黄落や千手の願ひ欠けるなし

黄落や仏半眼とくことなし

日当れる雪嶺ひとつカムイの座

月光の雪嶺尖りゐて神座

雪やんで星は神話を組みはじむ

外灯の見守る枯れのひと幕目

すすき枯れゆくほどに山遠ざかる

借景は海にす庭の敷松葉

北風に手を出すものの怒髪なる

北風を脱ぎつつ宴の座を得たり

朝もやににじみ抜け出る冬欅

冬芽はや神丘の日をひとり占む

白日を絡めとりゐる枯欅

陽の去りて雑木もみぢのつひの舞

枯れ切るは捨て切ることに日当れる

枯れてより立つことにせむ日の中に

風の音遠ざけてより山眠る

枯木立こだましづめて神囲む

平成二十五年

まづまづは斎きごころに初山河

さづかりてこその祈りや初御空

一途さに初心一念初比叡

読初は百代過客の行路かな

寒波くる本気に等圧線刻み

白日やひとうそぶきの寒鴉

細密な枝ぶり寒日からめ取り

もやひゐる林の奥の春潜み

春浅しうすむらさきにさ揺る木末

流氷期日は銀灰色に沖を占む
流氷期月のひびきはしろがねに
野の梅のあいさつ代りとなる頃に

風花の日ぐれの辻の風化仏

芽柳のころ約束の二つ三つ

カトレアのおのづからなる上座ぶり

雪嶺の遠きは青を沈め暮る
春さぐる林の径はすぐ消えて
薪を割る遠きこだまの山日和

畦みちのふたすぢみすぢ下萌ゆる

あぜみちは梅寒といふことにして

梅東風といふに野末はまだ早き

はやばやと空をつかみて梅白し

枝先の梅青空をあつめゐる

林に降る日を聴いてゐる春障子

山の日を集め鳴りけり春障子

木洩れ日の苔へ春障子開けてあり

三つ並び名もなき雑木山笑ふ

あたたかく並んで里の雑木山
陽炎のかなたを信じとけゆけり
陽炎のむしろむかうを信じる日

隠国の仏を浮かべ水草生ふ

塔影を間に間に水草の生へる国

もくれんや空のあをさをさきどりす

花だよりちらほらほらの風堤

峡を出て花咲ける野の川となる

春風は総氏神の紙垂に立つ

花冷えは亀の井の辺のこくらがり

しゃぼん玉どこまで入る青き空

序破のみに果てし朝のしゃぼん玉

しやぼん玉はじけて童も果てにけり

石庭へ残花のみちとなりゐたり

照り茅花雲はほぐれをくりかへす

日の飛ぶは茅花か今日の試歩かへす
おぼろよりぬけてひとつの灯を得たり
おぼろめく底にひとつの灯の想ひ

雉鳴いて寺へのみちの丘がかり
雉の鳴く裏山の辺の雑木みち
ハライソを信じし右近の若葉の像

槻若葉右近の城下町にして

松本鷹根句碑建立

句碑建つや弥生湖国のまんなかに

新緑の扉ひらけばまた新緑

新緑をうちかさねして城址とす

二の丸へ緑陰またも角つくる

緑陰や清明今も冥界を御す

杉落葉敷きゐて辻の猿田彦

山寺や椎落葉してひるさがり

山祠常磐木落葉を奥へ踏む

若葉青葉プロムナードは水に沿ふ

若葉青葉押しひらきゐる水族館

青葉来て水族館に蛸をどらす

新緑へ水族館の海豚とぶ

山越ゆる雲へラムネ玉鳴らし飲む

灯をよべど薄暑の道のなほつづく

短夜もよしと湖北に灯をかかぐ

青の大地　十四句

新緑の山また山や西国行

逝く春を高く奏でて岡城址

新緑のくぢゆうと峙せる高石垣

遠霞む阿蘇は祈りに天降り臥す

薬医門構へし屋敷の樟若葉

竹葉散る洞窟に弥撒洩れし世へ
くぢゆうへとなりゆく新樹は新樹重ね
浴身をつつみて夜の新樹海

若葉青葉切り裂き天の橋ひとすぢ

渓に満つ滝天響のふたすぢに

阿蘇岳へもりあがりゆく青高原

絮たんぽぽ祈り姿の阿蘇へ発つ

青高原すべりて阿蘇に真向く風

鬼棲みし国東の代もみどりなる

薫風は永遠のクルスの右近像

伊勢寺になる法師塚薫風裡

青嵐たちまち整ふ大古墳

水替へて金魚を空にもどしけり

魚かげもみどりに谷のふかさかな

はつたいや妣挽きし音より絶えし

黄金虫いく重の闇の前後ろ

黄金虫闇とぶほどに羽のつや

今は風棲む羅生門址の大みどり

蟻の列塔ふり仰ぐこともなし

炎負ふ仏の視野は大みどり

火車背負ふ仏の矛先よりみどり

踏まれ邪鬼のまんまるの目にみどり立つ

葉柳の川すぢ人のそぞろなる

天牛の触覚の間は里山河

天牛のさづかりは故山のもの

虫干しや改めて知る師への嵩

対話劇窓半日の青嵐

避暑の身へ山限りなき星ふらす

避暑の灯をもらし星座を組直す

青林檎遠近法に故山置く

鉾形に灯ともし明日を飾りけり

万緑を舟唄にして保津下り

緑陰の径水音を離すなし

機関車庫は動態保存夾竹桃

百日紅囲む六波羅殿の林泉

百日紅滅びの史をまたも書く

万緑の扉ひらけば水族館

里山のひぐれ高きに残る蟬

熱帯夜星に窓貸すこともして

風の私語聞いては源五郎浮き沈み

窓の辺の午後はカンナの詩ごころ

天の川にまぎるる一灯山に泊つ

銀河落つ地平ひたすら闇を生む

ここにまた六道の辻草茂る

釈迦在すみ寺は青楓の雨

あだし野の施餓鬼などりの辻仏

あだし野の吊灯籠の残り香

盆すぎの里の土橋は風ばかり

新涼や栞ふややさん嵯峨の径
ひぐらしや祠への道細りゆく
ひぐらしの鳴きつぎ影絵劇はじまる

口ぐせに残暑まみれの書斎なる

二三頁うばひてゆきし野分かな

絵すがたは鬼灯市の幼き日

灯ともれる鬼灯さげて家路なる

白鳥座いのりのかたに組みにけり

首のべて五星かがやく白鳥座

夜も更けて十字の星は白鳥座

鳥渡りきて山川のととのへり

鳥渡りきては野山の点睛なる

遠き嶺呼びてすすきは穂になりゆく

穂すすきと小半日なる雲あそび

青々とすすきの午後の話好き

夕映のすすきにふれて遠くなる

夕ぐれてすすきの欲しい遠きの灯

里山のととのつてゆく秋の風

里山のくまなく晴るる毛見のころ

鵙の贄垂れし一肢をなぶる風

鵙の贄村の裏口めくあたり

鵙の贄ここからは野のはづれなり

鵙の贄それも深まりゆくものか

香久山の夕日にかぞふさねかづら

良夜なり影を残しておひらきに

手をあげてコスモス雲と小半日

コスモスの便りに青き詩集編む

野にひろふ露のしるべのふたつみつ

嵯峨しぐれ遠き日の影濃くもして

木の実踏むばかりに子らの山の径

夜長の灯背戸にもらしてひとり棲み

いくひだの刻みあらはに山粧ふ

麓より夕かげの這ひ山粧ふ

雪ばんばとんで命のひぐれ色

雪ばんば払へばひぐれのすりよれる

山茶花の散るは嵯峨野のひぐれ径

山茶花の散り敷くを過ぐ祇王のかげ

柿紅葉表にかへし晩学す

黄落のひとすぢのみち晩学せん

夕茜すすきが原の丘めきて

山遠く暮れてすすきの暮れなづみ

すすき原月夜の曲を編みもして

四五本の月光こぼすすすきの穂

丘ひとつすすき月夜となりゐたり

ひとすぢの日の草紅葉みやびとす

古池の一石として紅葉盛る

返り花おそすぎし日へ手をかざす

夕もやを脱ぎそむ冬木奥ともし

冬木立月の丘へとかげきざむ

半身に月はりつけて冬木立

朝もやを脱ぎて境の冬木立

狐火や卑弥呼の墓の裾あたり

鎌月をかかげて森に梟棲む

うぶすなの祈りの数の冬芽かな

神集ふ宮のひなたは冬芽季
拍手はお礼ごころに冬うらら
はばかりなくうつ拍手に冬日立つ

北風や窓をひとつに昨日今日

里山抄　十句

灯ともせば木戸のあたりのしぐれゐて

霜そだつ地蔵堂の朝ともし

雪のきて雑木ながらと名のりゐる
軒近き山の狐のかよひみち
まるみゐる里山の方恵方とす

山ふもと小さくかかぐ初ともし

冬山のひなたつづきの里たつき

わらを編むうら山に風鳴りもして

灯もひくく藁仕事する背の月日

芽さわぎの雑木林の村やしろ

彩葉をばはさみなほして日記果つ

平成二十六年

初夢は一本棒立てのひと幕

初比叡わが八十の座標軸

初雀かがやきを脱ぐふたみ振り

わが窓に御慶一声里鴉

雪嶺は源流にして川ひかる

雪しづる昼の林の日を乱し

林中の雪のしづれのささ破れ

風花をふうみい数へに遅れがち

大寒の白砂敷は神のもの

神坐の白砂に立つ寒明り
風花のひとさし舞ひの神なる坐
護王なるそは大寒の一柱

寒風の切り抜きと比叡鬼門護る

雪しづる峠や白き日つつみ

きさらぎのゆび細くして弥勒仏

きさらぎを聴きたまひゐる如意輪仏

きさらぎの月光にして菩薩かな

土橋より二三歩にして芹の水

春寒に立つてはづれの二三本

春さむく土橋へ曲がる辻地蔵

日当りて寒木村へあと半里

雪しづるひとすぢ茅葺きの昼

春寒の一響藪の中に立つ

かたくりの花ひと日矢に開演す

家持の堅香子の花高志のみち

付箋する梅一輪の青空に

梅林にのみ日当れる元離宮

立ち尽くす枯芦伊吹を遠見して
嵯峨野路の瀬音ひびきは春どなり
野守なる老梅遠嶺低くして

木末うれをさそひ春呼ぶ風ひと日

朝東風の真正面や合掌阿修羅

梅東風の寺は耳門をくぐりけり

春浅くまた竹幹の遠ひびき

ミモザ咲く海風にほふ窓の辺に

片岡は海にひらけて咲かすミモザ

雑木芽吹き父生国に透きのなし

幾重なる芽吹稜線父の国

山国の父郷春星限りなし

物種の小袋祖母の字のももけ
折り癖に花種の名の判じ読み
打ち囃しやすらゐと花しづめ舞ふ

春嶺となりきらずして北を占む

とばし読む風にさそはれ青き踏む

方除の卦は春光を吉とせむ

西方は大将軍の梅白し

丸木橋のむかうひぐれの二輪草

恋雀けふは双塔のかげひなた

鳥の恋風土記の丘の木叢なる

雲ちかく呼びて囀りゐる林

川風のさくらあそびのひぐれなる

里山は芽吹き靄なる日暮れ時
一老樹にはじまる棚田の目借時
目借時山むらさきにまづそまる

雉子鳴いて里山の午下深くする

雉子鳴いて落人村へは胸突坂

青柳のふれてはなやぐ夕明り

宵の灯は芽吹き雑木の藁葺家

惜春の沖より波紋ふたみすぢ

行く春の波音ためて水城址

引く波のまたひかりつつ春の逝く

逝く春の風座りゐる湖岸ベンチ

花は葉に水城門址のたゆたへる

花水木向かう三軒朝の風

遠山も晴天圏に茶摘唄

尻上る畑はいくすぢ茶摘晴

三日月の飾兜は伊達ごのみ

竹葉散る午後はひとりの小道とす

どこにでも座せば青葉のすぐつつむ

山国は若葉青葉の大こだま

春もやに浮くは鉾杉茅葺家

茅葺の大きな月夜の水田べり

青葉づくし　十五句

白河の関守春を逝かしめず

早苗田の限りは那須の山といふ

風若葉那須の五岳のせり上ぐる

風の棲むからまつ若葉峠みち

みちのくは青葉づくしの風の中

脇往還は春逝くすぢの大内宿

いくへなる青葉なだれに大内宿

縄張りは佐幕の心風五月

花シャガの風をまとひて白虎墓碑

風青葉隈無く藩校に満つ

風薫る楷書に学ぶ士魂かな

雪嶺は飯豊よ雲の光りゆく

残雪嶺みちのくといふ空のもと

磐梯は残雪三すぢの晴れ衣

安達太良の智恵子の空は春逝く色

石に座す青葉詩集の序章とも

一灯を奥に許して五月闇

山河晴れその真ん中に毛虫肥ゆ

ペーロンの櫂のそろひの風となる

合歓咲いてさそひ心の昨日今日

駝鳥駈く十歩につくる夏の空

何でもない午後は春ゆく日だまりに

すぐ影が生まれて春の逝くひと日

青丹なる回廊格子を透く新緑

三門を諸葉青葉に開くも偈

三門をくぐれば青葉の解脱界

噴水の四方八方なにごとなし

隠沼の高がかりして夕河骨

くわつこうのこだまがへしよ宿を得る

浮御堂近し浮巣をかくす叢

湖国雨浮巣の高さ思ひゐる

片虹を立たせ山里ほのめけり

虹消えてまたあてもなきもの待ちに

草茂る遠き宮処の碑はいづこ

涼風や柳すぢまたけやき筋

合歓咲いて川風もまた夕すがた

借景はどこも比叡の梅雨晴間

元勲の邸址梅雨晴の三十六峰

庭よりの風正面や夏座敷

夏落葉沈みて淀むことに果つ
落し文林の奥の風のこゑ
椎落葉かかはるなにもなきままに

里の八月　七句

星月夜大きな影のかやぶき家

ほのめきて盆のあかりの間となれり

盆すぎの山寺日和のつづきけり

赤とんぼ地蔵の辻の影あそび

ひぐらしのさそはれ鳴きの村はづれ

稲の花姥うしろ手の畦ひなた

蓼の花今日も留守めく片どなり

秋の里山帖　二十一句

曼珠沙華段を縁取る村たつき

竹の春風こぼすなくさんざめく

子規忌とてひとりの灯かげふかしゐる

茅葺の月夜は大きな影絵なる

花すすき吹かれ峠となりゆく径

穂芒や里の山々まるくのみ

夕すすき用事は里のはづれまで

烏瓜なりしか梢のそよぐなり

きそふごと芋嵐して日をはじく
なんばんの風をさまりて灯をさそふ
茅葺家稲の穂波の昨日今日

ひとときのたかぶりに似て落し水

豊年の幟は朝よりはためけり

いただきは三本杉の良夜かな

月代ごろ池のほとりは虫すだく

いつよりも円き月夜の祭笛

在祭すみて月かげ鎮もれり

葛咲いて源流高き水ひびき

落ち鮎のころは山より雨のくる

買物にバス待つ昼の草紅葉

あいさつは朝寒となる村たつき

隠沼のおもだか日矢のひとすぢ

おもだかの葉と一輪は池の紋章

ねねのみち甘酒処は小さき店

浮舟を追へば河原の八重葎

浮舟の世捨てや風の夏柳

愁ひにも果つ十帖や雨葎

流灯のおのがあかりの水うねり

流灯の横すべりしてほめき消ゆ

朝涼をふりまく瀬流れ嵯峨も奥

涼風を小督とともにする木陰

朝霧や愛宕路となる辻あたり

流木のなかば埋れし浜晩夏

ひぐらしのさそひに林の径ほそし

麦茶飲むのどより雲のわく湖国

もろともに峠の風と麦茶飲む

いちにちの風得る朝のダリアかな

得しつばさひろげ春野のひと日なる

夕かげのかやつり草の橋がかり
ゐのころ草触れつつひぐれならしゆく
草ひばり石仏の朱のことに濡れ

陶の椅子ふたつ置かれて草ひばり

木もれ日は遠かなかなのさそひ径

唐辛子干して野の日の手の内に

燕去ぬよびもどせなき日を置きて
海へ出てほぐれくれゆくいわし雲
誰もかかげばかりに夜のいわし雲

野にだれもゐないひぐれの吾亦紅

噴水や飴ひとつなめつくしけり

噴水や鳥二羽より長居せり

梨成るや連山四方に晴れわたる

柳散る石階流れに沈みがち

穂すすきにまつはるは風のみでなく

柿のころ野の石あれば掛けもして

蟷螂の斜なる構の野面晴れ

かまきりのかくしきれざる三角面

産土の祠を辻に柿たわわ

人称へ恋しく草の絮とばす

里山はそれぞれなりに神無月

国つ神斎ける千木へ山粧ふ

朝霧のこぼれ光るを悼みとす

フラミンゴ十歩かぎりの秋うらら

石仏の眉目は朝のむら時雨

鴨づつみしぐれにじみの灯をひろふ

草の穂のさゆれ夕灯遠くする

里宮のにほひぶくろの花柊

うぶすなに花ひひらぎのこぼるる日

風を聞く穂草のあたり村ざかひ

山の日の雑木もみぢに酔ひはじむ

木の葉散るその時空の青かりき

里山は月夜つづきに木の葉降る

木戸たたく木の葉まじりの夜の風

木の葉散るかくてすぎゆくことばかり

とろろ汁山の深さも味として

思惟仏の時空隈なく紅葉界

比良よりの風のかたちに芦枯るる

芦枯れて小さく白日かかげけり

着水の白鳥光まみれなる

白鳥の眠るや星の降りはじむ

短日をのせる流れのうすひかり

短日の頼まれごとを灯にはたす
雪催漁港は今日をしまひゐる
赤き灯は港あたりか雪催

寒肥や山の鳴る日の麓なる

寒肥や祖より幾世のこととして

何ひとつ疑ひのなき日の枯木

丘の句碑冬のひなたをひとりじめ

ひとすぢをよしとはづれの枯木立

冬耕はいたはり心の鍬つかひ

日当りの雪嶺を得る志

ふたみたび払ふくぼみの雪ばんば

天狼を指し得て春をとなりとす

三分計もう一度返し除夜とする

大雪の二日続きの豊の年

平成二十七年

神奈備を東に置き初明り

神奈備の初東雲の五本杉

大寒や等間隔に幹太し

冬晴や坂また坂の社寺めぐり

寒鴉一望の丘わがものに

芽柳の風のつなげる川ほとり

芽柳のゆれては岸をふくらます

雪のくるけはひに藁屋の灯のにほふ

雪もやひもつれほどけの杉の里

茅葺郷盆地は雪の壺めける

雪明かりひくくもらして茅葺家

雪しざる音にまたして暮れ急ぐ

少しづつ風のこぼして春浅し

雲触るる木末あたりに春探す

春浅き林は風の棲むところ

嶺もとほくたひらな風のいぬふぐり

風花や籔の日ぐれのさやぎなく

風花のかすれに木末の夕ごころ

橋越えて隣の村へ日脚伸ぶ

ついそこといふそこにまで日脚伸ぶ

丘下る径の隈なる冬菫

川すぢの光を散らす都鳥

日のかけらまきて橋越ゆ都鳥

梅東風の配りのこしのなき嵯峨路

遠嶺より晴れわたりゐて野梅咲く

ひともとの野梅をおきて嵯峨も奥

嵯峨野なる風の均せる竹の秋

なで肩の愛宕嶺近く青き踏む

光彩のまんじくづしを初蝶とす

初蝶のこぼすがごとき日の粒子

磯あそび沖に雲消え生れ流る

百好きの百祝ひせんん水仙忌

ものの芽の影もたしかな野のひと日

葦角組むとほくに伊吹置く湖は

寄す波のひとすぢにある葦の角

三月は父郷の丘の風が書く

野の霞その彼方なる父郷かな

うぶすなの灯を芯にして森かすむ

参道の人中にこそ春めける

野の道は風三月のひと筆描き

全山は芽吹ける音のまんだら図

皇子ねむる山むらさきに春夕焼

若草野午後の日射しに膝を抱く

城址を頂として夕ざくら

風化仏二体のあひの母子草

あだし野のしるべ傾ぎて母子草
林出て里へひとすぢ日永なる
橋越えてまた葉桜の堤なる

風さそふ藤たれこめしころなれば
山ひとついのりの数の春の燭
みどりして包みきれざる稲魂《ウケノミタマ》

草笛や遠き日のごと星ともる

したたれる草笛に野の星もまた

草笛のこだまがへしのひとつ星

竹の秋神を鎮めていく代なる

川すぢの緑陰拾ひきて寺門

一燈を阿弥陀に捧ぐ青葉界

禅定のまんなかの大緑陰

山内は今禅定の木下闇

日の青葉他力念仏湧くがごと

青葉界即結界の祈りなる

白川に沿ひ涼風を親しくす

青嵐惣構なる城造り

筋といふ並木にそへばつばめ反る

荷を揚げし船場はいまも薫風裡

堀底にまでネオン映え道頓忌

走り書くメモも梅雨入りの手触りに

あぢさゐのひぐれの雨となりゐたり

夏帽子咲かせて森の午後となる

夏帽をひとつたよりに横切りけり

夏帽を深く渚の風となる

一寸の光陰いかに蟇

桜桃忌片方といふ重さかな

ひなげしのゆらりと朝の風のみち

川風をため合歓咲けば陰ひらふ

折返す合歓の木陰の昨日今日

油座を統べし宮居や薫風裡

五月晴従是摂津の水風景

聖天を下るや涼風まともにす

月見草夕潮騒に応へ揺る

夕星を空にをさめて涼しとす

星涼し流木の座を借りもして

夕風やわがこころ根でありにけり

山荘へ曲がれば月見草迎ふ

滴りに打たれ上手な草ひとつ

下り来てからまつ林に汲む泉

川風に来てゐる床几や葛桜

青嵐丹波幾重の起伏なる

分水嶺下りてよりの草いきれ

ががんぼよ向かう岸までおれもゆく

林の唄　畢

あとがき

皆さま、この度は父、故豊田都峰の遺句集『林の唄』を手にとっていただき、誠にありがとうございました。

父は生前、と言いましても、一昨年辺りからだったとは思いますが、また句集を出したいと申しておりました。今まで、『野の唄』に始まり、第九句集の『水の唄』まで出版しております。この句集を三部作の集大成と考えていたのかもしれませんが、何故か「次に出す句集が最後になるだろう」などと言っていたことが今も不思議に思いだされます。その言葉を聞いた時は、年齢的にも最後だと思っているのかな、と軽い気持ちでおりましたが、本当に最後になってしまったことは残念でなりません。

今回、一人の俳人「豊田都峰」として人生を全うした父のためにも、遺句集を出してあげなくてはならないという強い気持ちは母も私も持っておりました。ただ、あまりにも突然の死が父を襲ったことで、すぐには動きだせずにいたところ、「俳句四季」の西井様よりお声がけをいただきました。

早速、父の書斎に入りこみ、何か資料的なものはないかと、机の周り、ノート、抽斗や箱の中など、色々探し回りました。どこをどのように、何を探したらいいのかと困っていた時に、父が教えてくれたのか（今となってはそうとしか思えません）、第一句集、第二句集などとシールの貼ったフロッピーディスクが何枚か見つかったのです。父は古いワープロを使用して色々な資料を作成していたのですが、データの保存は全てフロッピーディスクでした。そして、その中に第十句集のシールが貼られたフロッピーディスクがあったのです。少し鳥肌がたちました。パパ、教えてくれてありがとう！

フロッピーディスクを古いワープロで読み込むと、父が整理していたのか、『水の唄』以降の俳句が平成二十六年秋あたりまで入っていました。そして、次にこの句集の名前はどのようにしようか、と悩んでいたところ、今度は、亡くなる一年前くらいに購入したパソコンの中に、この句集の冒頭でご紹介した一文が入っていたのです。そして、句集の名前も父が考えていたのです、「林の唄」と。

今まで、あまり父の俳句を読んだことがなかった私ですが、こうして父の俳句をじっくり読んでいると、この短い十七文字の中に、父の姿、想い、人間性が現れているようで、その一句一句がとても愛おしく感じられるのです。

この句集を父の一周忌に、皆さまにご覧いただくことができましたことは、家族といたしまして大変喜ばしいことでございます。

まず、京鹿子主宰の鈴鹿呂仁先生、名誉主宰の鈴鹿仁先生に深く感謝申し上げます。

そして、句集制作に関して右も左も全くわからない私に代わり、父がワープロに残していた平成二十六年までの句、そしてその後、平成二十七年夏までの句を全て拾い出していただきました高木晶子様に、また京鹿子の会員の皆々様方に厚く御礼申し上げます。なお、今回は遺句集でもあり、平成二十三年秋から平成二十七年夏までの作句をほとんど全て収録いたしました。

最後に、父を俳句の世界に導いてくださり、長きにわたりご指導いただきました鈴鹿野風呂前師、丸山海道前師、丸山佳子先生にこの句集を捧げます。皆さま、俳人・豊田都峰を愛してくださり、ありがとうございました。

この度は、『林の唄』の出版にあたり、東京四季出版の西井様、北野様には大変お世話になり、ありがとうございました。

平成二十八年夏

豊田　恵

（現住所：〒610-1123 京都市西京区大原野上里南ノ町552-7）

豊田都峰　とよだ・とほう　本名　充男（あつお）

昭和六年一月十三日、京都市に生まれる。

昭和二十三年「京鹿子」に入門。鈴鹿野風呂に師事、没後は丸山海道に師事。内蔵豊かな句風を学ぶ。

編集長・副主宰を経、海道没後平成十一年に主宰を継承。

平成十六年、句集『雲の唄』第一回文學の森俳句大賞、平成二十一年、句集『土の唄』第十回俳句四季大賞、平成二十三年、句集『水の唄』第五回文學の森賞、平成二十五年、京都市芸術振興賞、平成二十六年度京都芸術文化協会賞受賞。

句集に『野の唄』『川の唄』『山の唄』『木の唄』『雲の唄』『風の唄』『草の唄』『土の唄』『水の唄』など。

著作に『自解一〇〇句選　豊田都峰集』『歳華悠悠　第一句集シリーズ』『焦土を超えて――昭和六年生まれの俳人たち』『わが里山帖』『句戀　わが俳句野帖』『芭蕉　京・近江を往く』など。

平成十八年、関西現代俳句協会会長、平成二十一年、現代俳句協会副会長、平成二十三年、大阪俳人クラブ会長等歴任。

平成二十七年七月二十五日歿。

俳句四季創刊 30 周年記念出版 **歳華シリーズ 26**

京鹿子叢書 258

遺句集 **林の唄** はやしのうた

発　行　平成 28 年 7 月 1 日

著　者　豊田都峰

発行者　西井洋子

発行所　株式会社東京四季出版

〒 189-0013 東京都東村山市栄町 2-22-28

Tel 042-399-2180

Fax 042-399-2181

http://www.tokyoshiki.co.jp/

shikibook@tokyoshiki.co.jp

印刷・製本　株式会社シナノ

定価　本体 2800 円＋税

 ISBN 978-4-8129-0784-9 Printed in Japan